Besos, Desorden & Café

Andrijana Bulic

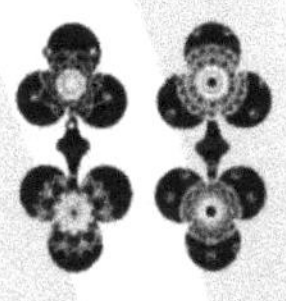

Four of Clubs Publishing

ePub ISBN: 978-1-7643354-1-6

Print ISBN: 978-1-7643354-7-8

Publicado por Four of Clubs, Sydney, Australia.

Correo electrónico: info.fourclubs@gmail.com

Esta es la traducción al español del libro original en inglés *Kisses, Mess and Beans* por Andrijana Bulic.

*A Brasil,
gracias por llenar mi vida de
ritmo,
colores y amor.*

Obrigada

¿Quién demonios es Frankie?

Las luces fluorescentes zumbaban y parpadeaban mientras la escalera golpeaba el suelo de la oficina elegante y minimalista. El polvo flotaba en un rayo de luz que entraba por las persianas, y un suave tintineo de herramientas metálicas venía de arriba.

Julian Halich entró en su oficina, con la camisa bien metida en el pantalón, café en mano, y el ceño fruncido.

La escalera estaba en medio de su espacio como una intrusa.

Sin mirar hacia arriba, dijo con brusquedad:

—Tendrás que hacerlo otro día. Ahora estoy trabajando.

Hubo una pausa, y luego una voz suave desde arriba:

—Yo también.

Se quedó quieto. No sonaba como ninguno de los obreros habituales. Había algo firme en esa voz. Era la voz de una mujer. Tranquila, segura.

Entonces apareció, con una mano enguantada agarrando el borde del techo, el cinturón de herramientas sonando mientras bajaba. Su cabello rizado estaba recogido en un moño bajo y ordenado, con algunos mechones pegados a la sien por el calor. Sus brazos, fuertes y musculosos pero claramente femeninos, cargaban sus herramientas con facilidad. Cayó sobre la alfombra con un golpe seco, y sus botas dejaron marcas leves en el suelo blanco. Sus ojos lo miraron fríamente, sin rastro de disculpa.

Julian parpadeó. No esperaba... a ella.

Ella se sacudió las manos, miró al techo en el que había estado trabajando y luego lo miró a él.

—Dijiste que estás trabajando. Yo también.

—Yo... —dijo, enderezándose— ¿Puedes hacerlo en otro lugar? Esta es mi oficina.

Ella ajustó su cinturón, sin moverse ni un centímetro.

—El cable principal pasa por aquí. Si no lo arreglo, perderás la electricidad en la mitad sur del ala.

Él se enderezó con molestia.

—Seguro que tu jefe puede enviarte a otro piso.

Ella siguió tranquila.

—Si hablas con tu jefe, te dirá por qué estoy aquí. —Lo miró fijo, sin pestañear.

—Yo soy el jefe —dijo él.

Ella no parpadeó. Solo levantó una ceja, tranquila e impasible.

—Yo también.

Un silencio tenso quedó entre ellos. Luego añadió, con voz fría y medida:

—Y el otro jefe me dijo que trabajara aquí, así que eso es exactamente lo que estoy haciendo.

Dicho esto, volvió hacia la escalera, puso un pie en el peldaño y empezó a subir otra vez.

Julian carraspeó, todavía de pie junto a la escalera sin saber qué hacer. Ella lo ignoró por completo, ya buscando algo en el techo. No lo miró. No se detuvo. Ya estaba concentrada otra vez, con las manos entre cables y tubos.

Julian se quedó inmóvil. Nadie le hablaba así. Y mucho menos... electricistas con botas de punta de acero que no parpadeaban cuando él intentaba imponer autoridad. Miró la escalera y luego su figura que desaparecía. Y, por primera vez, no tenía ni idea de qué decir. Con la mandíbula tensa, se dio media vuelta y salió de la oficina, cerrando la puerta con un golpe seco.

Sus pasos resonaban por el pasillo, rápidos y firmes. Tenía la mandíbula apretada y los puños cerrados a los lados. Al pasar por la zona abierta de la oficina, vio a varios electricistas agachados junto a las paredes, con las manos en las cajas de conexiones, cables saliendo como venas.

Sacudió la cabeza. Ninguno de ellos estaba en oficinas privadas. Solo en la suya.

Al llegar a la puerta de la oficina de Nelson, la abrió con fuerza.

—Julian —dijo Nelson, levantando la vista de la computadora y arqueando las cejas con sorpresa.

—¿Por qué demonios hay alguien en mi oficina? —soltó Julian sin esperar saludos.

Nelson se levantó, aún tranquilo, con un tono mucho más alegre del que la situación merecía. —Ah, sí. Eso.

Julian respiró hondo, conteniendo el enfado.

—Te dije que esta semana tendríamos trabajos eléctricos —le recordó Nelson con calma.

—Lo recuerdo —dijo Julian, irritado—, pero ¿por qué en mi oficina? Sabes que no puedo trabajar con alguien allí dentro.

—Entiendo que sea incómodo, Julian —dijo Nelson, rodeando el escritorio con voz suave pero firme— Pero tenemos un serio riesgo de perder la electricidad en el ala sur. O peor, en los servidores y los archivos. El cableado es un desastre. Esto es una prioridad.

Julian cruzó los brazos con fuerza.

—¿Sabes todo lo que estoy lidiando ahora? El lanzamiento de Benson es en cuatro semanas. El equipo de compras todavía no ha cerrado los contratos con los proveedores, y tenemos reuniones con clientes una tras otra toda esta semana. ¿Cómo esperas que trabaje, eh?

Nelson siguió calmado. —Lo sé. Pero vamos bien de tiempo y de presupuesto, gracias a tu equipo. Estás haciendo un buen trabajo.

Julian no respondió, manteniendo la mirada fija.

—Vamos, Julian —dijo Nelson con una breve risa, intentando romper la tensión— Es solo temporal. Frankie está aquí para hacer un trabajo.

Julian frunció el ceño, confundido. —¿Quién demonios es Frankie?

Nelson soltó una risita divertida. —Frankie, la electricista que está arreglando el cableado en tu oficina. ¿Esperabas a otra persona?

Los ojos de Julian se abrieron con incredulidad. —¿Esa es Frankie? ¡No sabía que Frankie era...!

—...una mujer —dijo Nelson con firmeza, bajando un poco el tono de voz y clavándole la mirada.

Julian sintió un momento de incomodidad y carraspeó, como si hubiera cruzado un límite no dicho.

Nelson se acomodó en su silla, entrelazando las manos. —Me la recomendó Marcus Chen, de Ashford & Bloom. Ella y su equipo hicieron un trabajo increíble en su reforma el trimestre pasado, terminaron antes de lo previsto y encontraron una falla grave que sus ingenieros no habían visto.

Julian apretó la mandíbula, pero no dijo nada.

—Sabe lo que hace, Julian. Déjala trabajar.

Su tono cambió apenas lo suficiente para recordarle a Julian quién era el verdadero jefe en ese edificio.

Julian soltó aire por la nariz con fuerza, intentando contener su frustración. —Está bien —murmuró— Pero no pienso dejar mi oficina.

Y dicho esto, se dio media vuelta y salió, con la mandíbula apretada y los pasos tan ruidosos como antes.

Mi Espacio - Tu Espacio

Julian salió de la oficina de Nelson hecho una furia, murmurando por lo bajo mientras sus pasos resonaban con fuerza sobre el suelo.

—Increíble —gruñó— Mi oficina. De todas las malditas salas de este lugar...

Mientras caminaba por el pasillo, pasó junto a un par de electricistas arrodillados frente a un panel abierto en la pared. Uno de ellos tiró de un cable y una nube de polvo cayó sobre la alfombra.

—¡Eh! Cuidado con eso —dijo Julian sin dejar de caminar.

Llegó a la puerta de su oficina, la abrió de golpe y se detuvo en seco.

La escalera seguía ahí. Justo en el centro de su espacio, proyectando una larga sombra metálica en el suelo. Exhaló con fuerza, un sonido entre suspiro y gruñido. —Ejem.

Se aclaró la garganta.

Nada. Solo el leve traqueteo de cables moviéndose arriba.

Miró hacia el techo. —Frankie, ¿verdad?

Desde dentro del falso techo: —Sí...

Entrecerró los ojos. —¿Es diminutivo de algo?

—Lo es.

Silencio.

Julian se quedó mirando hacia arriba, esperando. Nada. Miró alrededor de la sala, cambió de postura y puso las manos en la cintura.

—Bueno... —dijo despacio— Escucha. Si vas a trabajar aquí, tenemos que poner algunas reglas.

Se oyó un golpe suave, y luego las botas de Frankie aparecieron en la escalera, bajando peldaño a peldaño hasta quedar otra vez a su altura, con el cinturón de herramientas bajo, las mangas remangadas y sin perder la calma.

—Esto —se acercó a su escritorio y lo señaló— es *mi espacio.*

—Eso —señaló los cables y la escalera— es *tu espacio.* No entres en mi espacio, ¿ok?

Ella le lanzó una mirada seca, casi divertida.

—Hay una caja de conexiones junto a tu escritorio a la que tengo que acceder.

Julian se giró, vio la caja justo a la izquierda de su escritorio y levantó los brazos. —¿En serio?

Ella asintió. —En serio.

Él soltó un suspiro. Largo. Molesto.

—Mira —dijo Frankie, cruzándose de brazos con calma—, si trabajas desde otra oficina unos días, podría terminar esto mucho más rápido y dejarte tranquilo.

—No, no puedo. —Cruzó los brazos— Esta es mi oficina. Necesito trabajar aquí.

Ella levantó una ceja. —Voy a estar moviéndome mucho, dejando caer herramientas, cortando cables, haciendo ruido... No creo que puedas trabajar mucho así.

Julian puso una cara como si acabara de morder un limón. —¿No puedes hacerlo desde otro sitio? ¿Acceder a los cables desde... no sé, la sala de descanso o algo así?

Frankie lo miró. —Es que... así no funciona.

Echó un vistazo por la oficina. —Este edificio es viejo. El cableado está por todas partes... desordenado, remendado y, en algunas zonas, fuera de norma. —Señaló la caja de conexiones junto a su escritorio— Sospecho que la falla está ahí. Justo ahí. Si la arreglo pronto, tendrás tu paz y tranquilidad.

—¡Increíble! ¡Por supuesto que la falla tenía que estar justo aquí, en mi oficina! —Julian puso una mano en la cadera y sacudió la cabeza de un lado a otro— No, no me voy.

Ella hizo una pausa, observándolo. —¿Es porque soy mujer? ¿Eso te incomoda?

Los ojos de Julian se abrieron. —¿Qué? ¡No! ¿Crees que estoy siendo machista?

Ella alzó una ceja, medio sonriendo. —Digo... no serías el primero.

Él levantó las manos.—No me importa si eres mujer. Me importa *mi espacio*, ¿ok? Necesito que mi oficina esté de cierta manera o no puedo concentrarme.

—Ajá... —dijo ella, moviendo la cabeza lentamente, como si de repente todo tuviera sentido— Así que es una cosa de TOC mezclado con TDAH.

Julian suspiró, rendido.

—Mira... haz tu trabajo ahí —dijo, señalando la escalera con un dedo— y yo estaré aquí, en mi espacio. ¿De acuerdo?

—De acuerdo —Frankie se encogió de hombros con una sonrisa perezosa, ya girándose hacia la escalera— Como quieras, jefe número dos.

¿Quieres los granos de café o qué?

Julian estaba sentado en su escritorio, con la postura rígida y los dedos volando sobre el teclado. La mandíbula se le tensaba cada vez que la puerta de la oficina se abría o se cerraba. Frankie había entrado y salido cinco veces en los últimos quince minutos: una para agarrar una herramienta, otra para un rollo de cable y otra para algo que parecía sospechosamente una palanca.

Se colocó sus elegantes tapones dorados para los oídos y soltó un suspiro fuerte.

Todo en su escritorio estaba alineado: la engrapadora, el bloc de notas, la bandeja para bolígrafos. Una taza de café perfectamente colocada al norte-noreste. Las pantallas impecables, sin manchas ni huellas. Incluso la planta en la esquina tenía las hojas limpias cada martes.

Miró al frente... y se arrepintió al instante.

Del techo colgaban cables como lianas. Había polvo en el piso y herramientas tiradas en semicírculo cerca de la escalera. Frankie revisaba una caja con tanta desorganización que le hizo temblar un ojo.

Murmuró por lo bajo:

—Dios... qué desorden.

Ella se acercó. —Necesito acceder a la caja de conexiones ahora —dijo, de pie junto a la esquina de su escritorio.

Él dio un pequeño salto y se quitó un tapón del oído. —Está bien... pero no toques nada más.

Ella le dio una sonrisa ladeada. —Obvio.

Frankie dejó su bolsa de herramientas junto al escritorio, se agachó y empezó a destornillar un panel metálico en el piso. Julian la miraba de reojo mientras quitaba la tapa. El golpe metálico resonó por toda la sala.

—Perdón —murmuró ella.

Tarareaba para sí misma, distraída, mirando dentro del hueco. Del bolsillo trasero sacó un plano arrugado del edificio. Lo revisó entornando los ojos.

—*Nu, que bagunça* —murmuró en portugués.

Julian no hablaba portugués, pero podía adivinar.

Ella se palpó los bolsillos, buscando algo. Él notó que se detenía.

—Tenga —dijo, pasándole un bolígrafo de su meticulosamente ordenada colección.

Ella lo miró.

—Gracias. —Y volvió a la caja, anotando algo en el plano.

Julian se quedó pensando.

—Entonces... ¿cuál es el problema?

Ella suspiró, sin levantar la vista.

—El cableado es un desastre. Honestamente, me sorprende que nada se haya incendiado. Quien hizo esto no tenía idea de lo que hacía. La caja de conexiones está sobrecargada y hay algunas fallas de neutro a tierra que hay que aislar cuanto antes.

Él parpadeó. —¿Eso suena... grave?

—Lo es —respondió ella, sin dejar de dibujar— Si no lo arreglamos, vas a empezar a quemar fusibles en todo el piso. Tal vez hasta se queme uno que otro servidor.

Julian cambió de expresión.

—¿Cuánto tiempo va a tomar?

Ella hizo una pausa. —Un rato.

—¿Cuánto es un rato?

Se puso de pie, sacudiéndose las manos en el pantalón de trabajo. —Lo suficiente como para tener que llamar refuerzos. Esto no es trabajo para una sola persona. La verdad, sería más fácil para todos si trabajaras en otra oficina por un par de días.

—No —dijo él con firmeza— Voy a trabajar aquí. Esta es mi oficina.

Frankie suspiró y miró el espacio reducido a su alrededor.

—No hay suficiente espacio. Tu escritorio está demasiado cerca de la pared, no puedo moverme bien.

Él señaló con la mano.

—Vamos, que tienes suficiente espacio.

Ella lo miró, parpadeó despacio y bajó la mirada. En voz baja, murmuró en portugués: —*Deus me dá paciência...* Dios, dame paciencia...

—Mira... ¿Julian, verdad?

—Sí, ese es mi nombre.

—¿De verdad no te vas?

—No, no me voy. Necesito trabajar en mi oficina.

Ella apretó los labios, luego se encogió de hombros. —Está bien. Hagamos un trato.

Él arqueó una ceja.

—Mueve tu escritorio, solo un poco, y te prometo que no haré más ruido del necesario.

Julian levantó las cejas.

—Porfa... ni loco.

Ella suspiró y miró su escritorio, donde un espresso seguía intacto. Luego vio en la esquina una máquina de espresso cromada de palanca manual, brillante y de alta gama.

—¿Te gusta el café? —preguntó, alzando una ceja.

—Sí —respondió él, seco.

—Esa máquina es... cara, ¿no?

Él la miró, casi ofendido. —Es una Caffè Veloce Turbo X5000. Sin cápsulas, sin tonterías.

—¿Y es manual?

—Sí. Uso granos de tueste medio, origen único. Proceso lavado. Sin aceites.

Frankie sonrió de lado.

—Mueve tu escritorio y mañana te traigo el mejor café de la ciudad.

Él alzó una ceja.

—Guau... sabes que Boston es una ciudad grande, ¿no?

—Pues, es la verdad —replicó ella con la misma seguridad.

—¿De dónde?

—Una cafetería familiar brasileña, a unas cuadras de aquí. Importan directo de Brasil.

—¿Lavado o natural?

—*Nossa...* —Frankie levantó las manos exagerando.

Mira, es de Brasil.

B-R-A-S-I-L —dijo, pronunciándolo correctamente en portugués.

Él dudó un momento.

—Entonces... ¿quieres los granos o no? —dijo ella seria.

Julian soltó un suspiro y señaló el escritorio. —Está bien. Lo muevo, pero quiero esos granos mañana.

—Trato hecho —dijo Frankie, poniéndose de pie y sacudiéndose las manos. Se dirigió hacia la escalera, pero se giró para mirarlo otra vez.

—Medio metro a la derecha estaría perfecto. Gracias —añadió con una ligera sonrisa, señalando el escritorio con la cabeza.

Julian sonrió con sarcasmo. —Claro.

Se levantó y pasó junto a ella con paso firme hacia la puerta. Antes de salir, dijo: —No toques nada de mis cosas. Recuerda, *mi espacio...*

—*...tu espacio*, sí, sí, ya lo entendí —murmuró Frankie, rodando los ojos.

Fue hacia la caja de conexiones, se agachó y empezó a desenredar el lío de cables. Estaba concentrada cuando una voz detrás de ella la interrumpió.

—Parece complicado para una señorita como tú, ¿no crees?

Giró la cabeza lentamente y lo miró. Un hombre de traje estaba detrás, sonriendo de esa forma en que algunos hombres intentan llamar la atención. Ella se acomodó un poco, quedando medio girada hacia él para vigilarlo mientras seguía mirando los cables, y colocó su caja de herramientas entre ambos.

—Nada que una señorita no pueda manejar —dijo, con un tono que dejaba claro: *déjame en paz.*

Se rió, metió las manos en los bolsillos y la recorrió con la mirada. Frankie miró la puerta —*cerrada*— y volvió a los cables, ignorándolo, esperando que entendiera la indirecta.

Pero no lo hizo.

Se acercó, golpeando su caja de herramientas con el zapato y apoyando la mano en el escritorio de Julian.

—Quiero decir... no soy un experto, pero sé un par de cosas. Si te enredas, te echo una mano, preciosa...

—Ni siquiera pudiste enviarme el informe que te pedí ayer.

Una voz cortó el aire como una cuchilla.

Rodgers se volteó rápido.

Julian estaba detrás de él, con una expresión que no invitaba a discutir.

—Es la segunda vez que llega tarde —continuó Julian, con voz fría— Así que, si no está en mi escritorio esta tarde, puedes ir buscando otro trabajo... *precioso*.

La palabra cayó como una piedra.

Rodgers se puso nervioso. —S-sí, lo siento, Julian. Es que iba a...

—Esta tarde —repitió Julian con dureza. Luego miró a Frankie, visiblemente incómoda— ¿Y por qué estás en mi oficina hablando con el equipo?

—Solo... iba a hablar contigo sobre...

—¿No ves que está ocupada? Tú deberías estar ocupado. —Le señaló con un dedo.

Rodgers se puso rojo. El tono de Julian se volvió aún más cortante.

—No quiero verte hablando con el equipo otra vez. ¿Entendido?

Rodgers asintió rápido. —Sí, claro. Lo siento.

Julian se mantuvo firme. —No me pidas perdón a mí. Pídeselo a ella.

Rodgers se giró torpemente hacia Frankie. —Perdón por interrumpirte.

—Julian dio un último gesto. —Fuera, a trabajar.

Rodgers pasó junto a él, intentando desaparecer. Pero antes de llegar a la puerta, Julian lo llamó con voz seria:

—Y no vuelvas a entrar a mi oficina sin tocar la puerta. ¿Entendido?

—Sí, Julian —murmuró Rodgers, y se apresuró a salir.

—¡Fuera!

La puerta se cerró detrás de él.

Julian exhaló con fuerza, se dejó caer en la silla y murmuró:

—Ese tipo me pone de los nervios. Les dije que no lo contrataran y aun así lo hicieron. ¡Increíble! Sabía que iba a ser un desastre, ni siquiera puede terminar un maldito informe a tiempo. Y entra a mi oficina como si fuera suya. ¿Quién lo crió?

Siguió despotricando, sin darse cuenta de que Frankie seguía agachada junto a la caja de conexiones. —¡Y su camisa, nunca planchada! Por el amor de Dios, plancha tu camisa, no es tan difícil. Parece que salió rodando de una canasta de ropa sucia. No, no me gusta ese tipo. Tiene algo...

Miró hacia el borde de su escritorio.

Pausa.

—¿Él...? —Julian entornó los ojos— ¿Tocó mi escritorio, verdad?

Frankie se detuvo para mirarlo. —Eh... Julian la interrumpió. —¡Sí lo hizo! Recuerdo haberlo visto.

Su cara se torció con incredulidad. Con un movimiento brusco abrió un cajón, sacó un paquete de toallitas desinfectantes y empezó a frotar el escritorio como si fuera material peligroso. —Tocando mi mesa. ¡Mi mesa! —murmuraba mientras limpiaba con fuerza— No tu mesa. No propiedad pública. ¡Mi mesa!

Frankie lo miró. Abrió la boca, quizá para agradecerle, pero no dijo nada. No sabía qué decir, así que solo lo observó.

De pronto Julian frunció la nariz y agitó la mano frente a su cara. —Dios... su perfume... está por todas partes.

Se levantó, olió de nuevo, visiblemente disgustado. —¡Puaj! Todos usan la misma porquería. "Aroma Brisa Marina" o lo que sea.

Frankie lo miraba desde el suelo, intentando no reírse, con un destornillador en la mano.

—¡Y se echan medio frasco! O sea, ¡ya entendimos que usas perfume! No hace falta fumigar todo el edificio. Hay gente con asma, ¿sabes? ¡Gente con migraña!

Se llevó la mano a la frente dramáticamente.

—¡Ay, no! ¡Me está dando una migraña... Aaaaaayyyy!

Con un gruñido frustrado fue hacia la ventana y la abrió de golpe... luego la cerró. La volvió a abrir. Y la volvió a cerrar, como si estuviera haciendo un experimento raro con el aire.

Frankie lo seguía con la mirada, como si estuviera viendo a un animal salvaje.

—¿Puedes respirar? —se giró hacia ella, el pecho agitándose— ¡Nno puedo respirar aquí! —Asomó la cabeza por la ventana y aspiró con fuerza— ¡Puaj! Hasta la calle huele mejor. Metió la cabeza otra vez y arrugó la nariz. —No, no... no me gusta ese tipo. Hay algo raro en él.

Cruzó la habitación olfateando compulsivamente. Su cara se torció de asco. —Y la forma en que te estaba hablando... —se detuvo y se giró hacia ella, encendido de repente.

Frankie por fin dejó sus herramientas y lo miró.

—Lo voy a despedir —declaró Julian, con las manos en la cintura, asintiendo como si acabara de tomar la decisión del año.

—Oye... —Frankie se puso de pie— No tienes que hacer eso por mí.

—No —dijo él con firmeza, negando con la cabeza— Lo voy a despedir.

Empezó a caminar de un lado a otro. —Es lento, es flojo, sus informes siempre llegan tarde y con la mitad de los datos faltando. Tiene que irse.

—Trato con hombres así todo el tiempo, no pasa nada —respondió Frankie, restándole importancia.

Julian siguió:

—Es que..., es grasiento. Es como... —frotó las yemas de los dedos con visible disgusto, como si intentara quitarse algo pegajoso— Se estremeció, encogiéndose dramáticamente—. No me gusta la gente grasienta. ¡Y ahora su grasa está por toda mi oficina!

—¿Grasiento...? —repitió Frankie, alzando las cejas.

—¡Sí! Grasiento... aceitoso, grasoso, lleno de grasa —añadió Julian rápidamente.

—Bueno, supongo que se podría decir así. Un tipo... baboso —dijo Frankie.

Sin decir más, Julian fue hacia la puerta, la abrió y la cerró. La volvió a abrir. La volvió a cerrar.

—¡Tenemos que crear una corriente para que salga el olor! —gritó, ya en acción— ¡Ve a la ventana! Ábrela y ciérrala rápido. ¡Necesitamos ventilación cruzada!

Frankie lo miró, parpadeando. —¿Estás bien?

—¡No! No me gusta la gente grasienta. ¡Solo hazlo! Abre, cierra, abre, cierra. Sígueme.

—Está bien, voy —dijo Frankie, levantando las manos, y se apresuró hacia la ventana.

Los dos empezaron a abrir y cerrar las ventanas como en un ejercicio militar.

—¡ABRE! ¡CIERRA! —ordenaba Julian con el rostro serio.

Frankie, tratando de no reír, imitó su ritmo y sus movimientos bruscos.

—Abre, cierra —repitió, siguiendo su paso.

—¡ABRE! ¡CIERRA! —gritó él, tirando de la puerta con un dramatismo exagerado, moviendo la cabeza con intensidad teatral, como si dirigiera un espectáculo.

Algunos compañeros pasaron por el pasillo y se detuvieron un momento al mirar dentro.

Julian permaneció impasible, completamente concentrado, aún dando órdenes:

—¡ABRE! ¡CIERRA!

—¡ABRE! ¡CIERRA! —repitió Frankie, ya completamente metida.

—**¡ABRE! ¡CIERRA!** —Julian, cada vez más fuerte y acelerando el ritmo.

—**¡ABRE!** —gritó Frankie, entusiasmada, mientras abría la ventana con fuerza.

—**¡CIE...!**

—Bueno, ya está —interrumpió Julian de pronto y se detuvo.

—Oh... —Frankie se frenó y lo miró, levantando las cejas.

Julian cerró la puerta y olfateó la oficina como un perro. De pronto, sonrió. —¡Síííííí, funcionó! —dijo, poniéndose las manos en la cintura, claramente orgulloso de sí mismo.

Frankie dio una vuelta por la oficina, oliendo suavemente, como probando el aire. —Sí, ya no lo huelo.

—¿Verdad? —dijo Julian, con los ojos abiertos de satisfacción, asintiendo.—Buen trabajo. Ese abrir y cerrar estuvo excelente.

—Todo mérito tuyo, Julian. Todo tuyo.

Él asintió con orgullo. —Ahhh, sí. Ahora está azul claro. El amarillo grasiento con puntitos verdes se fue.

Frankie carraspeó. —Ah... sí. Azul claro... —lo miró, confundida— Espera, ¿qué quieres decir?

Julian habló como si fuera obvio. —Está azul claro. La oficina. Así es como me gusta.

Frankie miró alrededor, escaneando la sala. —Pero las paredes son blancas.

—Claro que las paredes son blancas —dijo Julian, señalando el lugar—, pero la oficina es azul claro.

—Azul claro... —se llevó la mano a la barbilla, pensativa— Entonces... ¿asocias colores y texturas con cosas y personas? Como... grasiento y azul claro.

Él suspiró. —Mira, es complicado de explicar.

Caminó hasta su escritorio y se sentó.

Frankie se quedó en medio de la oficina, junto a su escalera, pensando. —¿Por eso no te gusta que la gente esté en tu espacio? ¿Porque alteran tus colores?

Julian la observó. Le gustó la pregunta. Era buena.

Luego respondió: —Bueno... sí, exactamente por eso.

Frankie, aún reflexionando, añadió: —¿Porque te sobreestimulas si hay demasiados colores? ¿Y si no combinan bien?

Los ojos de Julian se abrieron un poco más. —Afirmativo otra vez.

Frankie cambió el tono, con una sonrisa juguetona que empezaba a dibujarse en sus labios. —Okaayy, ya entiendo. Tienes ese cerebro neurodivergente trabajando a tu favor. Lo aprecio, tu cerebro funciona diferente.

Ella lo miró de reojo y luego observó la oficina. —Fascinante.

Julian se quedó desconcertado, sin saber qué decir. La miró brevemente, luego apartó la vista y fingió trabajar, tecleando algo. —Aprecio que... aprecies eso.

Sus ojos se movieron de un lado a otro. *Eso sonó raro. ¿Lo dije en voz alta?*

Frankie soltó una risa. —Sí, lo dijiste.

Se acercó a la caja de conexiones. Julian la siguió con la mirada. Ella tomó sus herramientas, a punto de volver al trabajo, pero se giró hacia él.

—Entonces... ¿qué soy yo? ¿También soy grasienta?

Julian respondió de inmediato: —Tú nunca podrías ser grasienta. Nunca.

Frankie jugueteó con su herramienta. —Hmm... entonces no soy grasienta.

Julian vaciló, mirando la pantalla del ordenador y luego volviendo a mirarla varias veces.

—Eres... eres floral.

Frankie ladeó un poco la cabeza, frunciendo el ceño con curiosidad. —¿Floral...? ¿Huelo a flor o algo así?

Julian suspiró. —No... bueno, sí. Más o menos.

Titubeó, intentando explicarse. —Es... es como... como una flor con pétalos suaves, de esos que se sienten lisos y delicados al tacto. Colores pastel, amarillos y rosados... y luego un poco de verde, como hojas detrás de ti. Un toque de almizcle y, eh...

Se detuvo, consciente de que quizá estaba diciendo demasiado. Frankie lo miraba ahora, de verdad mirándolo.

—...y, eh... café.

Se aclaró la garganta enseguida y empezó a golpear el teclado con un dedo, inquieto. —O sea, ya sabes... lo que sea. Solo... eh... floral.

Frankie se quedó un momento en silencio, mirándolo, y luego sonrió de oreja a oreja..

—Guau... o sea, podrías haber dicho que soy hermosa, pero esto... esto es mucho mejor.

Julian se removió en el asiento y tosió. —Eh... voy a cerrar esa ventana. Hay corriente aquí. O... tal vez debería hacerme otro café.

Se levantó rápido, evitando mirarla. Frankie lo observó, todavía sonriendo. —Y, eh... sí —añadió, bajando un poco la voz, hablando mitad para sí, mitad para ella— Quiero ese café para mañana. Más vale que esté bueno o...

Ella negó con la cabeza y volvió al cuadro de cables. —Como dije, el mejor de la ciudad. —Ya, ya... veremos —murmuró Julian mientras se alejaba.

¿Eso llamas café?

A la mañana siguiente, Julian ya estaba en su escritorio a las 9:00 AM en punto, con su ritual de siempre: las persianas ajustadas a un ángulo perfecto de 45 grados, el escritorio limpio con precisión, las herramientas de espresso alineadas como instrumentos quirúrgicos. ¿Lo único que faltaba? Los granos de café.

En el pasillo, Frankie acababa de llegar cuando vio a Rodgers caminando hacia la salida, con una caja de cartón con sus cosas en los brazos y la cabeza agachada. Se detuvo. Luego giró la cabeza lentamente, fingiendo revisar su caja de herramientas, mientras lo veía salir del edificio.

—*Grasiento...* —murmuró para sí misma, entendiendo finalmente lo que Julian había querido decir.

Exhaló, se enderezó y se dirigió hacia la oficina de Julian, con las mismas botas gastadas, la misma actitud tranquila y desafiante, pero ahora con algo en la mano:una bolsa de papel marrón simple con un dibujo a mano alzada del mapa del estado de Minas Gerais al frente. Debajo, MINAS GERAIS estaba estampado en letras mayúsculas, y debajo de eso, un dibujo en tinta roja de una mujer bailando entre llamas, juguetona y misteriosa a la vez.

La levantó como si fuera un trofeo. —Aquí están tus granos.

Julian miró la bolsa, luego la tomó con reverencia. Revisó el empaque, la giró entre sus manos, abrió la bolsa y respiró profundamente.

Fresco. Muy fresco.

Intentó, sin éxito, ocultar un pequeño destello de satisfacción en su rostro.

—¿Fresco? —preguntó Frankie, observándolo. Asintió una vez, escéptico.

—Ya veremos. El olor promete, pero la verdadera frescura se nota en la taza. Eso no se puede fingir.

Frankie le dio una sonrisa, claramente conteniendo la risa. —*Tá bom* —dijo, levantando las manos en señal de rendición— Como digas, susurrador de café.

Él se acercó a su máquina de espresso y puso una lista de música clásica, ese tipo de música orquestal y dramática que escuchas en los montajes de películas donde el personaje raro acomoda obsesivamente lápices o reorganiza su cajón de calcetines.

Bueno... esto se parecía bastante a eso.

Su rutina era meticulosa: pesar, moler, prensar, alinear. Cada movimiento era preciso. Ritualístico.

Frankie lo observaba, atrapada entre la confusión, la diversión y algo más que no podía identificar del todo. Esto definitivamente era nuevo. —Yo... voy a empezar con la caja de conexiones.

Julian no respondió. Estaba demasiado concentrado en medir la cantidad exacta de café molido, obsesivamente verificando cada gramo.

Frankie abrió la caja de conexiones y se detuvo, una pequeña sonrisa asomando en sus labios al notar que el escritorio había sido movido, justo lo suficiente. Se agachó y colocó sus herramientas en el suelo.

La música clásica seguía flotando suavemente por la habitación. Nunca había trabajado con violines de fondo antes. Al principio, era una distracción—demasiado dramático, demasiado preciso. Pero luego, algo extraño sucedió. Su concentración se agudizó. Era como si el cableado dentro de la pared comenzara a hablarle. Podía ver el diseño más claramente, los planos de la caja de conexiones iluminándose en su mente, cada camino y cable casi brillando.

—*Eso es* —murmuró, sacando su cuaderno y pasando a una hoja en blanco. Comenzó a dibujar, rápido y concentrada.

—Ah, sí... esto... es.

Julian rodeó su escritorio y se detuvo a su lado, sosteniendo una diminuta taza de espresso como si fuera sagrada.

—Ahh... ¿qué? —preguntó Frankie, levantando la vista de su cuaderno.

—Está listo —dijo él, levantando la taza más alto— El café ha sido preparado.

Ella parpadeó. —¿Felicidades?

—Gracias —respondió con total seriedad— Pero ahora viene la degustación.

Le llevó la diminuta taza de espresso a la nariz e inhaló profundamente, como si estuviera a punto de probar un vino fino.

—Pero —dijo, justo antes de probar—, no te emociones. Si no me gusta, devuelvo el escritorio.

—Frankie puso los ojos en blanco. — ¡*Nossa*... ya solo pruébalo!

Julian dio un sorbo lento. En el momento en que el café tocó su paladar, fue como si un montaje cinematográfico explotara en su mente: aves exóticas cantando entre frondosos árboles verdes, colores vibrantes girando como pintura sobre tierra cruda, el olor húmedo de la Amazonía envolviéndolo. Sintió un fuego subir desde la base de su columna, recorriendo su cuerpo, un extraño zumbido cerca de sus oídos—y luego **¡BOOM!**—estaba de nuevo en su oficina, con los ojos abiertos de par en par, Frankie observándolo con una ceja levantada.

—¿Bueno? —preguntó ella.

Él parpadeó y tomó otro sorbo lentamente.
—Increíble —murmuró, caminando alrededor
de su escritorio mientras buscaba las palabras
correctas.

—Te lo dije —dijo ella con una pequeña sonrisa de satisfacción— El mejor café de la ciudad.

Su lengua giraba el café pensativo. —Afru-
tado, como bayas rojas maduras... y ralladu-
ra de cítricos bailando en los bordes. —Hizo
una pausa, saboreando el sabor— Hay una nota
suave de cacao, amarga pero delicada, como
chocolate oscuro derritiéndose lentamente.

—Bueno... —dijo ella, observándolo con una
sonrisa burlona— ¿No tienes trabajo que hacer?
—bromeó, cruzando los brazos— ¿O te pasas
toda la mañana haciendo café?

Él le lanzó una mirada de fingida seriedad.
—La calidad de mi café afecta la calidad de mi
trabajo.

Frankie levantó una ceja. —Eso es... raro.

—Tienes que probarlo. —Con sorprendente pasión, Julian se lanzó hacia la máquina de espresso.

—Ya lo he probado —dijo Frankie, levantando la ceja— Yo te di los granos, ¿recuerdas?

—Pero no lo has probado a *mi manera*. Es excepcional. —Empezó a moler los granos con cuidado meticuloso, midiendo la cantidad exacta con precisión.

Ella cruzó los brazos, dudando. —Es excepcional porque los granos son de Brasil. No importa cómo lo prepares, sabrá increíble mientras esté fresco.

Julian soltó una risa dramática. —No, no, no. No es tan simple.

—Sí que lo es —replicó Frankie, seria.

Él se giró para mirarla. —Es un arte. Y tienes que saber cómo prepararlo, o *la esencia* se arruina.

Ella trató de no reír. —¿Y tú te consideras el artista?

—Bueno, de hecho, sí —respondió él.

Frankie dejó su cuaderno y sus herramientas sobre la mesa y se puso de pie. —Sabes, todas esas máquinas sofisticadas fueron hechas por europeos para sacar café rápido. Era una idea de negocio.

Julian asintió. —Lo sé. La primera máquina de espresso se inventó en Turín. Italia. 1884.

—Sí, bueno... —se recostó contra la pared, más pensativa ahora— Para las culturas que realmente cultivan los granos, como en Brasil, el café significa algo completamente distinto.

Julian prensó el café con cuidado, ajustando la palanca. —¿Sí? —dijo, medio escuchando. Luego, como captando mejor su idea, miró por encima del hombro— ¿Cómo así?

Frankie se encogió de hombros ligeramente, con la voz más suave. —No es solo una bebida. Es cómo conectamos con otros, con amigos, con la familia. Ofreces café a alguien cuando entra a tu casa. Te sientas, hablas, te detienes un momento. Une a las personas.

Julian, prácticamente brillando de emoción, levantó la taza de espresso y cruzó la sala. —Espera a que pruebes esto, te va a volar la cabeza.

Ella la tomó con una ceja levantada y la llevó a sus labios. Tras un sorbo lento y deliberado, le lanzó una mirada exageradamente pensativa y luego esbozó una sonrisa sarcástica.

—Mmmmm.

—¿Ves? ¡Increíble! —Julian sonrió de oreja a oreja, casi brincando.

—Eh... no —respondió ella con voz neutra— Solo sabe a café. Su expresión quedó en blanco.

—¿Quéééééé? —dijo Julian, con el semblante genuinamente herido— Pruébalo otra vez.

Ella tomó otro sorbo, por complacerlo. —Sí, sabe a café. Bien hecho, no demasiado amargo, ni muy ácido.

—¿Notas las frutas? ¿El toque de nueces? ¿El cacao? —insistió él, con los ojos abiertos de anticipación.

—Pues... sabe a café.

Julian levantó las manos al aire, caminando de un lado a otro. —No lo entiendes. No tienes el toque.

—Frankie levantó una ceja. —Oye... soy brasileña. He tomado café desde muy chiquita. Creo que sé un par de cosas.

—Sí, pero... —él dudó, buscando las palabras—, no entiendes *la esencia*.

Ella parpadeó. —¿*La esencia*?

Se cruzó de brazos dramáticamente.

—Exacto.

Frankie exhaló por la nariz, mirándolo como si estuviera loco. Luego dijo:

—Mira... Esos granos, ¿los que te traje del pequeño café familiar del que te hablé?

—Sí —respondió él, todavía erguido, como si tuviera que probar un punto.

—Bueno, esa es mi familia.

La boca de Julian se abrió ligeramente.

—Mis primos en Minas Gerais recogieron esos granos —dijo, señalando la bolsa de papel marrón sobre la barra— ¡Hasta yo los recogía cuando era niña! Ese café ponía comida en nuestra mesa. Así fue como mi familia llegó a Estados Unidos.

Hizo una pausa, con voz más firme ahora.

—Esos granos me ayudaron a pasar la escuela... a aprender inglés cuando apenas podía armar una frase... a sobrevivir cada invierno duro cuando todo me parecía extraño. Ese café nos sostuvo.

Levantando la taza de espresso, añadió con determinación:

—Si eso no es suficiente *esencia* para ti, no sé qué es.

Julian se quedó en silencio un momento, atónito.

Frankie tomó otro sorbo, luego dejó la taza casualmente sobre su escritorio.

—Bueno, si me disculpas —dijo, ya girándose—, esta caja de conexiones no se va a arreglar sola.

Julian carraspeó y cambió de posición.

—Eh... sí. Yo también tengo trabajo que hacer.

Se enderezó rígidamente, regresó a su escritorio y se sentó con concentración exagerada. Sus dedos flotaban sobre el teclado. Empezó a teclear algo, lo que fuera, y luego lanzó una mirada lateral a Frankie, que estaba agachada junto a la caja de conexiones abierta, totalmente indiferente.

—Entonces... —dijo Julian, tecleando sin rumbo—. Brasil, ¿eh?

—Sí —respondió Frankie, agachada sobre la caja, cortando un manojo de cables.

—Eso significa que hablas españ...

Se giró bruscamente para mirarlo, cejas levantadas. —Portugu...

¡Julian exclamó! —¡Portugués! —chasqueó los dedos— Claro. Lo sabía.

Carraspeó, desviando la vista a la pantalla.
—Obvio. En Brasil se habla portugués.

Frankie esbozó una leve sonrisa, sin apartar la vista de los cables. —Mmm... claro que lo sabías.

Julian se movió en la silla, quejarse un poco al mecerse de lado a lado. —O sea... si tu familia está en el negocio del café, ¿por qué te hiciste electricista?

Frankie ni siquiera lo miró. —Me gusta arreglar cosas.

Directo. Simple. Fin de la conversación.

Julian asintió rápido, moviendo los dedos sobre el escritorio. —Arreglar cosas... sí, arreglar cosas está bien.

Se puso a tocar rítmicamente el escritorio y luego sus piernas con los dedos, como si tuvieran mente propia.

Frankie finalmente lo miró, levantando una ceja.—¿Y esa concentración intensa de la que hablabas?

—¿Eh? —parpadeó Julian, claramente en otro mundo— Ahhh...

Se levantó de golpe, frotándose el cuello. —¿Hace calor aquí? ¿Tú tienes calor?

Frankie lo miró raro. —No... estoy bien.

Julian agitó las manos frente a su cara, tratando de refrescarse. —¡Calor! ¡Calor! —Luego, frustrado, se arrancó la corbata— ¡¿Por qué todo está tan apretado?! ¡Aaaayyyyy!

Se quitó los zapatos. —¡Todo tan apretado!

Frankie lo observaba, un poco preocupada, un poco divertida.

Julian empezó a caminar por la oficina. —Necesito moverme.

Sin aviso, empezó a trotar ligero, dando vueltas por la habitación como poseído. —¿Qué tenía ese café? —dijo, señalando la bolsa sobre la mesa. Se llevó la mano al pecho, respirando rápido. —¡Ay no, mi corazón va a mil!

Frankie, dándose cuenta de que estaba sobreestimulado, puso una mano firme en su hombro. —Está bien... ¿por qué no nos sentamos un momento? Tal vez los granos fueron demasiado fuertes para ti.

—¿Uhhh... crees? —balbuceó Julian, con los ojos abiertos.

Frankie, un poco nerviosa, señaló la silla. —*Tudo bem*, todo está bien. Ven y siéntate nomás.

—¿Sentarme?? ¡No puedo sentarme! ¡Apaga esa música clásica! Pon otra cosa. ¡Pon algo de música brasileña! ¡Necesito moverme!

Ella levantó los brazos con un suspiro y murmuró:

—Calma aí, sô... voy... —luego buscó en su teléfono— ¿Qué tal un poco de samba?

—¡Sí, sí, lo que sea! ¡Ponla ya! —dijo él, moviendo las manos impacientemente para apurarla.

La samba comenzó, rítmica y con percusión intensa, un marcado contraste con la música clásica de antes.

—¡Sube el volumen! —gritó Julian, rebotando sobre las puntas de los pies.

—*¿Qué demonios le pasa a este gringo?* —murmuró Frankie para sí misma.

—¡SUBE EL VOLUMEN!

—¡YAAAAA! —respondió Frankie.

—¡ESOOOO! —exclamó Julian, saltando arriba y abajo, moviendo todo su cuerpo con energía descontrolada— ¡Enséñame a bailar samba!

—¿Qué? —dijo Frankie, levantando las cejas.

—¡ENSÉÑAME A BAILAR SAMBA! —gritó él, apenas audible sobre la música.

—Eeeeee... —Frankie hizo una pausa, recuperando el aliento.

—¡SAMBA! ¡ENSÉÑAME!

—¡OK! —gritó Frankie de vuelta, moviendo los pies rápidamente, cambiando uno detrás del otro a toda velocidad.

Julian movía los brazos salvajemente—"¡Woooow!"—luego trató torpemente de imitar los movimientos de sus pies, viéndose completamente descoordinado.

—¿Así?

—¡Sí, así! —dijo Frankie, intentando no reírse—. Nunca había visto esos pasos prohibidos.

—¿Y las caderas? ¿Así? —se movía torpemente.

Frankie estalló en risas. —No, no, sigue mis movimientos. —Se echó un paso atrás y mostró. — Son solo dos pasos. *Um, dois, um dois* —uno, dos... uno, dos...

Julian repitió rígidamente: —Uno, dos... uno, dos—movimientos torpes y rígidos.

—*Relaxa* —dijo ella con una sonrisa, observándolo luchar— Relájate

Se acercó, tomó sus manos y las colocó suavemente sobre sus caderas.

—¿Sientes eso?

Julian lo sintió. La vibración, el ritmo que la recorría. Sus dedos descansaban lo justo para percibir el sutil movimiento de su cuerpo.

Parpadeó y vio enormes hojas verdes como alas detrás de ella, con remolinos de amarillo, naranja y verde danzando en su visión como cintas de luz.

—*¿Qué rayos tenía ese café?* —pensó, aturdido.

Pero no paró. Ya estaba dentro del ritmo. Sus movimientos se suavizaron, sincronizándose con los de ella, torpes, sí, pero con corazón. La samba fluía a través de ella y llegaba a él, y algo cambió.

Ya no pensaba. Solo sentía. Solo seguía sus pasos.

—¡Esoooo! —los ojos de Frankie brillaron, con una sonrisa amplia y genuina— ¡Lo estás haciendo!

—¡Esto es increíble! —dijo Julian, imitando los sonidos de la percusión— ¡Ta Ta Ta Ta Ta! —moviendo la cabeza de lado a lado.

Frankie estalló en risas. —*Você é louco!*

—¡Estoy loco! —declaró Julian con orgullo.

—No, *louco* —lo corrigió ella— La "o" suena como "u"... *loucuuuu.*

—Ahh, *loucu...* ¡Estoy *loucuuuu!* —cantó dramáticamente.

Frankie se unió, riéndose— ¡Estás louco!

—¡Estoy loooou...! —gritó Julian, y de repente dejó caer los brazos, con los hombros caídos— Ok... ya basta.

Frankie parpadeó, recuperando el aliento, y sonrió con picardía. —Oh... ¿ya te sientes mejor?

Julian soltó un profundo suspiro, aún recuperando el aire. —Mucho mejor. Pero definitivamente necesito sentarme.

Se arrastró hasta su silla se dejó caer con un suspiro dramático.

—Ahhh...

Frankie sonrió y se acercó a su escritorio.

—Te traigo un poco de agua.

Él todavía estaba a medio reír, a medio confundido.

—En serio... ¿qué tenía ese café?

Ella le entregó un vaso y se rió.

—*Uai*, nunca había visto a alguien reaccionar así. Te llevó a un viaje.

Julian tomó el vaso y lo bebió de un solo trago.

—Ahhh —dijo de nuevo, limpiándose la boca, dramáticamente renovado.

Frankie lo observó, sacudiendo la cabeza con diversión. El cambio en su energía era... inesperado. En el mejor sentido.

—Se detuvo un momento, estudiándolo con cuidado, y luego preguntó:

—Oye... ¿Por qué no vienes al café mañana? Te damos la mejor comida brasileña que hayas probado.

Julian levantó una ceja, con una sonrisa pícara que se extendía por su rostro. —¿Quieres que conozca a la familia ya? ¿Qué es esto… saltándose la primera cita?

Frankie sonrió levemente, manteniendo la mirada sin parpadear. —Y la familia extendida. El paquete completo.

Él se recostó un poco. —Wooah, o sea…

Ella levantó una ceja. —¿Qué, tienes algo mejor que hacer un sábado? —Luego, con una sonrisa astuta, añadió— Y ¿quién dice que no es una cita, eh?

Julian levantó las manos, tratando de mostrarse tranquilo. —Oyeee, vamos un poco rápido, ¿no? Ni siquiera sé tu nombre.

Frankie sonrió. —Ven al mediodía y, eh… —Sus ojos recorrieron sus zapatos brillantes hasta el cuello bien planchado— Viste casual. *Tá bom,* ¿ok?

Tomó un bolígrafo y un post-it de su escritorio, escribió la dirección y lo pegó en su monitor con una sonrisa juguetona.

Julian levantó las manos en señal de rendición. —*Tá bom.*

Abraza el Desorden

Julian se quedó frente al Café Mineira. El exterior era llamativo y colorido, con un cartel pintado brillante y un mural a un lado, algo abstracto y artístico, lleno de formas y espirales que no entendía, pero que le gustaban un poco.

Adentro estaba lleno. Por las ventanas veía a gente riendo, hablando al mismo tiempo, moviendo las manos. Era ruidoso, vivo y lleno de energía.

—*Hmmm* —murmuró para sí, acomodándose la camiseta por tercera vez.

El olor a pan de queso y café fuerte lo golpeó como un déjà vu; pero ahora, sin la euforia de la cafeína, se sentía... raro. Quizá un poco con resaca.

De café.

¿Eso es posible?

—*¿Qué pasó ayer? Raro. Bailé. De verdad bailé. ¿Qué fue eso? ¿Por qué bailé así? Qué ridículo.*

—*Pero ella...*

—*Ella estaba...*

Se acomodó la camiseta de nuevo, por cuarta vez.

Por primera vez en mucho tiempo, Julian se sintió nervioso. Y él nunca se sentía nervioso. O mejor dicho, nunca se permitía sentirlo.

Exhaló fuerte.

—*Está bien* —murmuró—. *Solo es un almuerzo. Con toda su familia extensa. No es gran cosa. ¿Solo los voy a conocer, o realmente vamos a almorzar juntos? ¿Por qué no preguntaste, Julian? Tal vez solo pensaba en una breve presentación...*

Miró el café y luego puso los ojos en blanco.

—*¿Por qué hago planes cuando estoy extrovertido? Qué tonto* —se quejó—

—*Da igual. Solo hazlo Julian. ¡Va!*

Entró. Era ruidoso, la música diferente a la samba de ayer, más como estilo country brasileño. La banda tocaba sin sonido ni micrófonos, solo reunidos alrededor de una mesa, y la gente cantaba.

Julian se dirigió al bar, donde una mujer vibrante lo recibió con calidez.

—*Bom dia!* ¡Buenos días!

—Hola —dijo Julian, un poco inseguro—

Busco a Frankie. ¿Está aquí?

—*Ahh, sim!* Tú eres el gringo que estábamos esperando —dijo ella con una sonrisa brillante.

—Ah, sí —respondió Julian, un poco avergonzado.

—Soy Julian. —¡Zhulian! —dijo ella, pronunciando la J a la manera portuguesa, como un sonido fuerte de "z". Julian la corrigió suavemente.

—Es Julian. —Sí, Zhulian —insistió ella.

—No, es un sonido de J, no "Zu". J-U-L-I-A-N —dijo, marcando cada sílaba con cuidado.

Dos mujeres más aparecieron en el bar y se metieron en la conversación:

—*É ele?*¿Es él? ¡Zhulian! Julian negó con la cabeza, esta vez con firmeza.

—¡Julian! —¡J, J, J, J! —dijo, pronunciando cada letra como si diera una lección— No Zhulian, Julian.

Las tres mujeres estallaron en carcajadas. —*É bôb dimais!* ¡Él es divertido!

Una de ellas se giró bruscamente y gritó:

—¡FRANCESCA! *O GRINGO CHEGOU!*

—¡EL GRINGO LLEGÓ!

Julian estaba a punto de hablar cuando se giró, y ahí estaba ella. **¡BAM!** Como salida de una comedia romántica de Hollywood, caminaba en cámara lenta. Su cabello rizado se mecía suavemente sobre su hombro, y de repente volvió a ver esos colores amarillos y verdes danzando a su alrededor. Llevaba shorts de mezclilla y zapatillas deportivas, con una camiseta relajada metida lo justo para mostrar su estilo desenfadado. Sus rizos recogidos en un moño alto con algunos mechones sueltos enmarcando su rostro, completamente irreconocible de los overoles azules y las botas en los que la había visto antes.

—*Nuuuu...* —exhaló Julian, sorprendido de haberse acordado siquiera de la palabra brasileña.

Podía sentir su aroma atrayéndolo. Estaba en un viaje, esta vez sin el café.

—**¡PUM!**

Su boca se abrió de sorpresa, tal como en esos dibujos animados que veías de niño.

—Llegaste —sonrió ella.

—Pueeeesss —parpadeó Julián, todavía mareado.

Ella lo miró de arriba a abajo, con una sonrisa burlona curvando sus labios— Bonito.

—Eh, sí... solo me puse cualquier cosa —murmuró, dándose cuenta de repente de cuánto se había preocupado por su ropa.

—¡Francesca! —la mujer la llamó.

—*O Zhulian é muito bonito!* —¡Julian es muy guapo!

Frankie sonrió, tratando de ocultar el sonrojo que le subía a las mejillas. —*Mãe, para...* —murmuró entre dientes.

La otra mujer sonrió ampliamente. —*Sim! Você é bonitinho, Zhulian!*

Frankie se tapó la cara, riendo. —Tía, ¡por faaaavor! —dijo, claramente avergonzada pero divertida.

Julian se volvió hacia Frankie, con el ceño fruncido. —¿Por qué me llaman Zhulian? Soy Julian.

Ella se sonrojó, intentando disimularlo. Luego, con un leve suspiro, dijo:

—Ahhh... la J en portugués suena como un "zh", /ʒ/, ¿sabes?

—Ah... ok —dijo él despacio, todavía procesando la información— Supongo que puedo permitirlo... si es una cosa lingüística.

Frankie señaló al trío—. Julián, esta es mi mamá, mi tía y mi hermana Marília.

Todas sonrieron y saludaron con la mano.

—*Olá! Prazer, Zhulian!* ¡Hola! ¡Mucho gusto, Julian!

Julián parpadeó— Oh... ¿esa es tu familia? —Miró a cada una, con la voz de repente más aguda— Tu madre...?

Se rió incómodamente, aclarándose la garganta.

—Hola —dijo, haciendo un pequeño saludo, completamente inseguro de qué hacer con las manos.

—Vamos —dijo Frankie, agarrándole el brazo con una sonrisa— Vamos por atrás, donde está más tranquilo.

— *Com Deus!* —dijeron las tres mujeres al despedirse de ellos.

Julián se inclinó hacia Frankie mientras ella lo guiaba hacia la parte de atrás. —Podrías haberme avisado —murmuró en voz baja, rascándose la cabeza— Fui un poco grosero con ellas... con todo lo de *Zhulian*... Frankie sonrió.

—¿Hiciste tu cosa de TOC? Julián, ahora nervioso, se encogió de hombros.

—Bueno, sí, me molesté un poco.Frankie soltó una risa. —Claro que lo hiciste.

—Luego puso una mano en su hombro— No te preocupes, seguro les pareció gracioso.

—Aaaaaa, quería presentarme bien, educado —dijo él, gesticulando con las manos como si intentara traer estructura y orden.

—Ay, por favor —Frankie agitó las manos— Tienes que aprender a abrazar la *bagunça* de la vida.

—¿La qué? —levantó una ceja. Frankie se detuvo, buscando la palabra correcta— *El desorden* de la vida.

Él se rió. —No. No es para mí. El desorden se puede evitar con planeación, rutina y estructura.

—Claro... pero aun con todo eso, la *bagunça* siempre aparece —dijo Frankie mientras esquivaban mesas llenas y bandejas de comida.

—*Arreda que tô passando, sô!*

—¡Muévanse, que estoy pasando, hombre! —gritó un mesero, corriendo con una bandeja de feijoada humeante. Julián se quedó helado, sorprendido. Frankie le agarró del brazo y lo jaló hacia adelante.

Él suspiró. —Está un poco... lleno, ¿no? Frankie se rió, con los ojos brillando. —¡Está una *bagunça*!

Su energía era eléctrica y vibrante. La manera en que se movía entre el caos sin esfuerzo... Julián no podía evitar mirar sus caderas, que parecían bailar solas.

Pasaron junto a una cantante con sombrero vaquero, su poderosa voz elevándose por encima de las guitarras del grupo reunido a su alrededor. Cantaba con una energía cruda, y todo el café se unió, fuerte y apasionado.

—¿Qué tipo de música es esa? —preguntó Julián, alzando la voz— Suena como una mezcla entre música folklórica y country.

Frankie se giró, caminando de espaldas para mirarlo, y sonrió con orgullo. —¡*Sertanejo*! Música country brasileña. Súper popular en Minas.

Levantó las manos al aire y cantó unas líneas también, riéndose. Luego se giró hacia Julián, con los ojos brillando.

—¡Cada historia de amor, cada angustia, tiene una canción! —dijo— ¡Y nos encanta eso!

—*Oi, Francesca!* —llamó alguien desde la cocina— ¡La mesa cinco quiere más *pão de queijo*!

—*Tá bom, pai,* dame un minuto —respondió ella, sin siquiera girarse del todo. Su padre asomó la cabeza con una gran sonrisa.

—*O gringo chegou?* —preguntó.

—Sí, ya llegó —dijo ella, mirando a Julián con una sonrisa.

Julián se acercó a ella, susurrando:

—¿Por qué todos me siguen llamando gringo? Mis padres son inmigrantes, ¿sabes?

Ella movió la mano, restándole importancia:

—Para los brasileños, un gringo es cualquiera que no sea de Brasil. Acostúmbrate, hoy lo vas a escuchar mucho.

Lo guió hacia la parte trasera del café, donde el ruido se suavizaba. La vegetación abundante se desbordaba de macetas de terracota, y las mesas estaban separadas bajo banderines que ondeaban.

Se detuvo en una mesa de madera bajo una sombrilla brillante.

—Espera aquí, ya vuelvo.

—Ok... *Francesca* —bromeó Julián, lanzándole una mirada juguetona.

Ella se giró con una sonrisa astuta:

—Ok... *Zhulian.*

Julián suspiró, con una amplia sonrisa extendiéndose por su rostro mientras la veía alejarse. Miró a su alrededor brevemente, comprobando si alguien lo observaba, antes de tomar el menú frente a él.

—¿Quieres que te traiga algo? ¿Una taza de café?

Apareció un mesero, con un delantal oscuro y equilibrando una bandeja con unas pequeñas tazas de espresso. Tenía el cabello rizado y se parecía un poco a Frankie: misma energía cálida, misma sonrisa.

Julián levantó las manos de inmediato. —¡Jajaja, nooo, gracias! ¡Aleja eso de mí!

El mesero parpadeó, confundido. —¿Tú... no te gusta el café?

Julián se señaló a sí mismo, con expresión seria. —¿Yo? No, me encanta el café. Pero ese café... —señaló el espresso— no sé qué tiene, pero ayer me volvió loco.

El mesero inclinó la cabeza, aún más confundido. —¿Entonces... probaste nuestro café?

Julián asintió con una media risa. —Frankie me trajo una bolsa ayer. Y pfff... lo que fuera eso, no era café, era combustible de cohete. Estaba dando vueltas por mi oficina, ¡hombre!

El mesero se movió en su lugar, con el rostro mostrando que empezaba a entender. —¿Te dio una bolsa marrón de café?

Julián asintió rápidamente. —¡Sí! La bolsa se veía genial, tenía como una mujer bailando con fuego o algo así. No me malinterpretes, el café era excepcional, el sabor, la textura...

Se detuvo, con los ojos abiertos. —Pero, hombre... me volví loco. *¡Loucooo!*

El mesero sonrió incómodamente. —Ya vuelvo —dijo, dando media vuelta sobre sus talones.

Luego, a todo volumen, gritó a través del café:

—¡FRANCESCAAAAAA!

Julián se sobresaltó en su asiento, observando la escena mientras el mesero arrastraba a Frankie hacia la parte de atrás, cerca del mostrador de café.

Ya estaban discutiendo, con las voces elevadas, los rostros cerca como si estuvieran en medio de una batalla.

—*Cê deu esse trem pro aquele gringo?!* Él le empujó la bolsa marrón de café frente a la cara. —*Cê tá louca!*

Julián escuchó, susurrando para sí mismo —"Louca". Conozco esa palabra. La está llamando loca.

Cambiaron al inglés a mitad de frase, sin esfuerzo. —¿Cómo se supone que iba a saber eso? —exclamó Frankie.El mesero movió los brazos. —¡Por Dios, Frankie! ¡Eres tan tonta!

Julián se levantó, un poco nervioso, y se acercó. —Eeee... ¿está todo bien? —Sí, solo estamos hablando —respondió Frankie con tranquilidad. —¿Hablando? —alzó una ceja Julián— Suena como si estuvieran peleando.

—¿Peleando? —se burló Frankie— No, solo estamos teniendo una conversación normal.

Julián permaneció de pie, aún un poco confundido.

—Julián, este es mi hermano tonto, Gabriel —dijo, dándole un codazo en el hombro.

Gabriel, claramente molesto, levantó la bolsa en la mano. —¿Este era el café?

Julián la tomó. —Sí, este es.

Gabriel se giró hacia Frankie, negando con la cabeza.

—¿Por qué lo dejas así, a la vista de todos, eh? —dijo ella, molesta.

—Tú vienes y vas, Frankie —continuó él, cada vez más frustrado—. Ya no sabes cómo funcionan las cosas por aquí.

Julián se quedó parado, incómodo, con los brazos cruzados. —Eeem... ¿qué onda con los granos? ¿Me drogaste o algo? —bromeó, riéndose nerviosamente.

Ambos se giraron y lo miraron, serios. —Bueno... sí, más o menos —admitió Gabriel. —No, no lo hice —interrumpió Frankie— ¡Deja de exagerar!

Julián rió nerviosamente. —Jajaja... Espera, ¿Qué?

—Mira, amigo —comenzó Gabriel, levantando la bolsa— Esta bolsa, ¿ves? Es para mis clientes *especiales*. Los granos tienen algo como... un efecto psicodélico.

Frankie rodó los ojos y le dio un empujón en el hombro. —No, no lo tienen. Eso es un mito.

—¡Cállate, Frankie! Dios, déjame hablar —respondió Gabriel, apartando su mano— Mira, Julián...

—En Brasil hay un árbol que produce estos granos rarísimos. Te dan como un subidón. No es droga, pero... lo sientes. Cada quien reacciona diferente.

—Dios mío —se quejó Frankie— Es un efecto placebo. Los gringos piensan que es psicodélico, pero solo es un café más fuerte. ¡Los brasileños no reaccionan así!

—Bueno, sí —dijo Gabriel—, pero aún así lo drogaste con un grano de café fuerte.

—Bah, lo que sea —dijo Frankie, moviendo la mano—¿Y a quién le vendes esto, igual?

—Mayormente a estudios de yoga new-age, tiendas de productos naturales...

Julián intervino: —Has encontrado un mercado de nicho. Eso es buen negocio. —Gracias —sonrió Gabriel— ¿Ves? ¡Él lo entiende, Frankie!

En ese momento, Marília entró, secándose las manos con un paño de cocina. —¿Qué está pasando aquí?Gabriel levantó la bolsa de café como si fuera evidencia en un crimen. —Frankie le dio a Julián los granos *especiales.*

Los ojos de Marília se abrieron. —¡Nooo! ¿De verdad?! —exclamó, riéndose y empujando en broma el hombro de Frankie.

—¡No lo sabía! —dijo Frankie con las manos levantadas, confundida.

Marília ya estaba riéndose. —¡Sabes que los gringos se vuelven locos con eso!

—¡Y sí que me volví loco! —intervino Julián, señalándose a sí mismo— Supe que algo estaba raro.

Frankie suspiró, avergonzada. —Empezó a bailar samba...

—¿¡SAMBA!? —gritó Marília— ¡JAJAJA!

Gabriel se rió. —¿¡Lograste que bailara samba!? Frankie negó con la cabeza, riéndose.

—¡Nooo, él quiso!

Julián se unió a la risa. —Sí, no sé qué me pasó, ¡pero realmente quería bailar samba!

—*Cê tá louco, sô!* —exclamó Gabriel, poniendo una mano en el hombro de Julián— ¡Estás loco, hombre!

—¡Eso es lo que decía! ¡Louco! —añadió Julián, sonriendo.

Con una sonrisa traviesa, Marília lo picó: —Parece que le debes un *beijo*, Frankie.

Frankie puso los ojos en blanco. —Está bien, yaaa. Tráenos un poco de *pão de queijo* por atrás.

Se giró hacia Julián, un leve rubor subiendo a sus mejillas.

—Es que... ¿quieres café? O tal vez... no sé...

Marília se iluminó. —¿Qué tal una *caipirinha*? Julián levantó una ceja.

—¿Me volverá loco otra vez? Marília se rió y le tocó el hombro juguetonamente. —Jajaja... tal vez un poco. Nunca se sabe.

Gabriel intervino, sonriendo: —Nah, bro, te va a relajar. *Relaxa, tudo bão, sô.*

Julián los miró a ambos y luego se encogió de hombros con una sonrisa ladeada. —Bueeeno... si ustedes lo dicen.

—Genial —sonrió Frankie— Empezamos con eso. Luego se volvió hacia su hermano y su hermana. —*Bão?*

—Sí, sí. Ya váyanse —dijo Gabriel, haciéndole un gesto con la mano para que se fuera.

Frankie se giró sobre el hombro. —Ah, y llena el vaso con mucho hielo y lima... y solo un poquito de *cachaça.*

Les lanzó una mirada cómplice, y ellos entendieron perfectamente lo que quería decir.

Mientras se alejaban, Gabriel les gritó: —¡Un gusto conocerte, Julián! ¡Luego te paso unos granos buenos!

Julián miró por encima del hombro. —¡Más vale que no sean de los de "clientes especiales"!

Gabriel se rió, agitándole la mano. —No, tranqui, te consigo algo bueno.

Marília intervino, sonriendo: —*Com Deus!*

Frankie, claramente molesta, levantó las manos. —¡Bueno, bueno, ya pónganse a trabajar los dos!

—Me caen bien —dijo Julián con una pequeña sonrisa, mirando a Frankie.

—¿Tienen buenos colores? —bromeó ella, alzando una ceja.

—Muy buenos —asintió él, con gesto sincero.

Justo cuando iban a salir, Julián se detuvo frente a una pared que llamó su atención. Estaba cubierta de carteles de estilo vintage de distintas ciudades de Minas Gerais. Los colores eran cálidos y gastados, cada imagen mostraba calles antiguas, colinas onduladas y plantaciones de café.

—Son hermosos —dijo Julián, inclinándose un poco— Parecen sacados de una postal.

Sus ojos se detuvieron en las letras grandes: *Minas Gerais*.

—Minas Gerais —repitió Frankie, poniéndose a su lado— Significa literalmente "Minas Generales". En la época colonial, esta región era famosa por sus minas de oro y diamantes.

Julián ladeó la cabeza, cada vez más curioso. —Perdona mi ignorancia... pero la verdad, de Brasil solo he escuchado por Ri...

—...Río de Janeiro —lo interrumpió Frankie, sonriendo— Sí, la mayoría piensa que Brasil es solo samba y fútbol. Pero es mucho más. Como Minas... es el interior de Brasil. La mejor comida, enormes plantaciones de café, las cascadas y la naturaleza más increíbles.

Julián asintió, impresionado. —Wow... me encantaría visitarlo algún día.

Frankie le lanzó una sonrisa traviesa. —Lo harás, no te preocupes.

Le tomó la mano. —Ven, vamos —dijo sonriendo.

Salieron por la parte trasera hasta una pequeña mesa al aire libre para dos, acogedora, rodeada de plantas frondosas en macetas y enredaderas colgantes.

Frankie señaló una de las sillas, poniéndose de repente seria. —Esto —dijo, tocando el asiento— es *tu espacio*.

Luego señaló la silla de enfrente. —Y eso... es *mi espacio*.

—Jaja... muy graciosa —respondió Julián, sentándose y dándole una mirada.

—Me alegra que veas la comedia en eso —replicó Frankie mientras se dejaba caer en su silla, relajada por completo.

—Entonces... —dijo Julián con una sonrisa traviesa, apoyando un brazo en el respaldo— ¿Esta es tu manera de disculparte por drogarme?

Frankie rodó los ojos. —Qué dramático.

Un mesero apareció con una canasta tibia de *pão de queijo* y dos *caipirinhas*, dejándolas sobre la mesa.

—Come —dijo Frankie, agarrando uno y mordiéndolo con dramatismo — Vas a sobrevivir.

Julián sonrió mientras agarraba un panecillo. Bajo la mesa, sus pies se rozaron.

—Entonces... ¿qué fue eso que dijo tu hermana antes? Que me debías un bei...

—Un *beijo* —lo interrumpió Frankie.

—Sí, eso. ¿Qué significa? —preguntó, mirándola fijo.

Ella sostuvo su mirada. —¿Quieres que te lo muestre?

—Claro —contestó Julián, sin apartar los ojos de ella.

Frankie apoyó las manos suavemente sobre la mesa y se inclinó un poco hacia él, cada vez más cerca. Julián alcanzó a percibir su aroma, suave y familiar. Los tonos pastel amarillo y rosa parecían envolverla; olía a flores, delicadas y dulces, como si florecieran en ese mismo instante en el aire.

Se detuvo a un respiro de sus labios, y en el último segundo giró apenas, posando un beso en su mejilla. Sus labios cálidos y suaves hicieron que el corazón de Julián le cosquilleara en el pecho.

Ella volvió a su asiento con una sonrisa, apartándose un rizo del rostro.

Julián tenía la sonrisa más grande en su cara. —Así que un *beijo* es...

—...un beso —terminó Frankie, con voz suave pero segura.

Giró distraídamente el dedo alrededor de su caipirinha, sin apartar los ojos de Julián, con una sonrisa leve y cómplice en los labios. —Hagamos un brindis.

Julián tomó su vaso, pensativo.—Mmm... ¿para qué brindamos?

Frankie arqueó una ceja, divertida. —Brindemos por... *beijos, bagunça y café.*

Julián sonrió y levantó su vaso, chocando con el de ella. —¡Por los besos, el desorden y café!

Fin

Los "granos especiales" que volvieron loco a
Julian.

Minas Gerais de Frankie

un recorrido por sus lugares y sabores favoritos

La capital de Minas Gerais, es una ciudad animada
rodeada de montañas, conocida por sus concurridos
mercados, su arquitectura moderna y su vibrante
escena de bares y música.

Ouro Preto, la antigua capital de Minas Gerais, es famosa por su historia del oro, sus calles empedradas y sus iglesias barrocas. Rodeada de montañas, es una de las ciudades coloniales más conocidas de Brasil.

Un pueblo místico en Minas Gerais, famoso por sus colinas de cuarzo, cuevas y cascadas. Con ambiente bohemio y leyendas de OVNIs, es un destino popular para amantes de la naturaleza y buscadores espirituales.

Un pintoresco pueblo de montaña conocido por sus casas de estilo alpino, calles empedradas y clima fresco. Famoso por su turismo de naturaleza, senderismo, gastronomía y vistas panorámicas de las montañas de la Mantiqueira.

Un pequeño pueblo famoso por su belleza natural, cascadas y senderos para caminar. Popular para el ecoturismo y aventuras al aire libre.

El sertanejo es la música del campo en Brasil.
Mezcla letras emotivas con guitarras acústicas
y ritmos que cuentan historias de amor, de la
vida y del campo.

Un café brasileño pequeño y fuerte, servido en tazas diminutas. Es un símbolo de hospitalidad y conexión social, disfrutado a lo largo del día.

Un café brasileño pequeño y fuerte, servido en tazas diminutas. Es un símbolo de hospitalidad y conexión social, disfrutado a lo largo del día.

El pan de queso típico de Minas Gerais es
crocante por fuera y suave por dentro, hecho
con harina de yuca y queso local.

Un plato auténtico de Minas Gerais, una mezcla deliciosa y robusta de frijoles, harina de mandioca, salchicha, tocino y huevos, que lleva el alma de la cocina mineira.

Un plato tradicional de Minas Gerais. Es un arroz con pollo cocinado con azafrán, ajo, cebolla y especias locales. Sabroso y lleno de carácter regional, es imprescindible probarlo si visitas Minas.

Un queso artesanal típico de Minas Gerais,
hecho con leche de vaca de la región de la
Serra de Canastra. Tiene un sabor intenso y
textura cremosa, ideal para disfrutar solo o
acompañado de pan y dulce de leche.

Com Deus!

www.ingramcontent.com/pod-product-compliance
Lightning Source LLC
Chambersburg PA
CBHW050009040726
47599CB00014B/1299